紅樓夢第二十一回

賢襲人嬌嗔箴寶玉　俏平兒軟語救賈璉

話說史湘雲說着笑着跑出來怕黛玉赶上寶玉在後忙說絆倒了那裡就赶上了黛玉趕到門前被寶玉叉手在門框上攔住笑道饒他這一遭兒罷黛玉拉着手說道我要饒了雲兒再不活着湘雲見寶玉攔着門料黛玉不能出來便立住脚笑道好姐姐饒我這遭兒罷却值寶釵來在湘雲身背後也笑道我勸你們兩個看寶兄弟面上都撂開手罷黛玉道我不依你們是一氣的都來戲弄我寶玉勸道罷喲誰敢戲弄你你不打趣他他焉敢說你了四人正難分解有人來請吃飯方往前邊來

那天已掌燈時分王夫人李紈鳳姐迎探惜姊妹等都往賈母這邊來大家閒話了一回各自歸寢湘雲仍往黛玉房中安歇寶玉送他二人到房那天已二更多了襲人來催了幾次方回次早天方明時便披衣靸鞋往黛玉房中來了却不見紫鵑翠縷二人只有他姊妹兩個尚卧在衾內那黛玉嚴嚴密密裹着一幅杏子紅綾被安穩合目而睡湘雲却一把青絲拖於枕畔一幅桃紅紬被只齊胸蓋著襯着那一灣雪白的膀子撂在被外上面明顯着兩個金鐲子寶玉見了歎道睡覺還是不老實回來風吹了又嚷肩膀疼了一面說一面輕輕的替他蓋上黛玉早已醒了覺得有人就猜是寶玉翻身一看果然是他因說

道這早晚就跑過來作什麼寶玉說道這還早呢你起來瞧瞧罷黛玉道你先出去讓我們起來寶玉出至外間黛玉起來叫醒湘雲二人都穿了衣裳寶玉又復進來坐在鏡臺旁邊只見紫鵑翠縷進來伏侍梳洗湘雲洗了臉翠縷便拿殘水要潑寶玉道站着我就勢兒洗了就完了省了又過去費事說着便走過來彎着腰洗了兩把紫鵑遞過香肥皂去寶玉道不用了這盆裡就不少了又洗了兩把便要手巾翠縷撇嘴笑道還是這個毛病兒寶玉也不理他忙忙的要青鹽擦了牙漱了口完畢見湘雲已梳完了頭便走過來笑道好妹妹替我梳梳呢湘雲道這不能了寶玉笑道好妹妹你先時候兒怎麼替我梳了呢湘雲道如今我忘了不會梳了寶玉道橫豎我不出門不過打幾根辮子就完了說着又千妹妹萬妹妹的央告湘雲只得扶過他的頭來梳篦原來寶玉在家並不戴冠只將四圍短髮編成小辮往頂心髮上歸了總編一根大辮紅縧結住自髮頂至辮梢一路四顆珍珠下面又有金墜腳兒湘雲一面編着一面說道這珠子只三顆了這一顆不是了我記得是一樣的怎麼少了一顆寶玉道丟了一顆湘雲道必定是外頭去掉下來叫人揀了去了倒便宜揀的了黛玉旁邊冷笑道也不知是真丟也不知是給了人鑲什麼戴去了呢寶玉不答因鏡臺兩邊都是粧奩等物順手拿起來賞玩不覺拈起了一盒子胭脂

意欲往口邊送又怕湘雲說正猶豫間湘雲在身後伸過手來拍的一下將胭脂從他手中打落說道不長進的毛病兒多早晚纔改呢一語未了只見襲人進來見這光景知是梳洗過了只得回來自己梳洗忽見寶釵走來因問寶兄弟那裡去了襲人冷笑道寶兄弟那裡還有在家的工夫寶釵聽說心中明白襲人又歎道姐妹們和氣也有個分寸兒也沒個黑家白日鬧的憑人怎麼勸都是耳旁風寶釵聽了心中暗忖道倒別看錯了這個丫頭聽他說話倒有些識見寶釵便在炕上坐了慢慢的閒言中套問他年紀家鄉等語留神窺察其言語志量深可敬愛一時寶玉來了寶釵方出去寶玉便問襲人道怎麼寶姐

姐和你說的這麼熱鬧見我進來就跑了問一聲不答再問時襲人方道你問我嗎我不知道你們的原故寶玉聽了這話見他臉上氣色非往日可比便笑道怎麼又動了氣了呢襲人冷笑道我那裡敢動氣呢只是你從今別進這屋子了橫豎有人伏侍你再不必來支使我我仍舊還伏侍老太太去一面說一面便在炕上合眼倒下寶玉見了這般景況深為駭異禁不住趕來央告那襲人只管合着眼不理寶玉沒了主意因見麝月進來便問道你姐姐怎麼了麝月道我知道麼問你自己就明白了寶玉聽說呆了一回自覺無趣便起身噯道不理我罷我也睡去說着便起身下炕到自己床上睡下襲人聽他半日無

動靜微微的打鼾料他睡着便起來拿了一領斗蓬來替他蓋上只聽唿的一聲寶玉便掀過去仍合着眼妝睡襲人明知其意便點頭冷笑道你也不用生氣從今兒起我也只當是個啞吧再不說你一聲兒了好不好寶玉禁不住起身問道我又怎麽了你又勸我你勸也罷了剛纔又沒勸我一進來你就不理我賭氣睡了我還摸不着是爲什麽這會子你又說我惱了我何嘗聽見你勸我的是什麽話呢襲人道你心裡還不明白還等我說呢正鬧着賈母遣人來叫他吃飯方往前邊來胡亂吃了一碗仍回自己房中只見襲人睡在外頭炕上麝月在旁抹牌寶玉素知他兩個親厚並連麝月也不理揭起軟簾自往裡

間來麝月只得跟進來寶玉便推他出去說不敢驚動麝月便笑著出來叫了兩個小丫頭進去寶玉拿了本書歪着看了半天因要茶抬頭見兩個小丫頭在地下站着那個大兩歲清秀些的寶玉問他道你不是叫什麽香嗎那丫頭答道叫蕙香寶玉又問是誰起的名字蕙香道我原叫芸香是花大姐姐改的寶玉道正經叫晦氣也罷了又蕙香咧你姐兒幾個蕙香道四個寶玉道你第幾個蕙香道第四寶玉道明日就叫四兒不必什麽蕙香蘭氣的那一個配比這些花兒沒的玷辱了好名好姓的一面說一面叫他倒了茶來襲人和麝月在外間聽了半日只管悄悄的抿著嘴兒笑這一日寶玉也不出房自己悶悶

的只不過拿書解悶或弄筆墨也不使喚眾人只叫四兒答應誰知這四兒是個乖巧不過的丫頭見寶玉用他他就變盡方法兒籠絡寶玉至晚飯後寶玉因吃了兩杯酒眼餳耳熱之餘若往日則有襲人等大家喜笑有興今日却冷清清的一人對燈好沒興趣待要赶了他們去又怕他們得了意已後越來勸了若拿出作上人的光景鎮唬他們似乎又太無情了說不得橫着心、只當他們死了、橫豎自家也要過的如此一想却倒毫無牽掛、反能怡然自悅、因命四兒剪燭烹茶、自己看了一回南華經、至外篇胠篋一則、其文曰、故絕聖棄智、大盜乃止、擿玉毀珠、小盜不起、焚符破璽、而民朴鄙、剖斗折衡、而民不爭、殫殘天

下之聖法、而民始可與論議、擢亂六律、鑠絕竽瑟、塞瞽曠之耳、而天下始人含其聰矣、滅文章、散五彩、膠離朱之目、而天下始人含其明矣、毀絕鈎繩、而棄規矩、攦工倕之指、而天下始人含其巧矣、看至此、意趣洋洋、趁着酒興、不禁提筆續曰、焚花散麝、而閨閣始人含其勸矣、戕寶釵之仙姿、灰黛玉之靈竅、喪滅情意、而閨閣之美惡始相類矣、彼含其勸、則無參商之虞矣、戕其仙姿、無戀愛之心矣、灰其靈竅、無才思之情矣、彼釵玉花麝者、皆張其羅而邃其穴、所以迷惑纏陷天下者也、續畢、擲筆就寢、頭剛著枕、便忽然睡去、一夜竟不知所之、直至天明方醒、翻身看時、只見襲人和衣睡在衾上、寶玉將昨日的事、已付之度外、

便推他說道、起來好生睡、看凍著、原來襲人見他無明無夜和姐妹們鬼混、若真勸他、料不能改、故用柔情以警之、料他不過半日片刻、仍舊好了、不想寶玉竟不回轉、自己反不得主意、直一夜沒好生睡、今忽見寶玉如此、料是他心意回轉、便索性不理他、寶玉見他不應、便伸手替他解衣、剛解開鈕子、被襲人將手推開、又自扣了、寶玉無法、只得拉他的手笑道、你到底怎麼了、連問幾聲、襲人睜眼說道、我也不怎麼着、你睡醒了、快過那邊梳洗去、再遲了就趕不上了、寶玉道、我過那裡去、襲人冷笑道、你問我、我知道嗎、你愛過那裡去、就過那裡去、從今咱們兩個人撂開手、省的雞生鵝鬥、叫別人笑話、橫豎那邊膩了、過來

這邊、又有什麼四兒五兒伏侍你、我們這起東西、可是白玷辱了好名好姓的、寶玉笑道、你今兒還記着呢、襲人道、一百年還記着呢、比不得你、拿著我的話、當耳旁風、夜裡說了、早起就忘了、寶玉見他嬌嗔滿面、情不可禁、便向枕邊拿起一根玉簪來、一跌兩段、說道、我再不聽你說、就和這簪子一樣、襲人忙的拾了簪子說道、大早起、這是何苦來、聽不聽在你、也不值的這麼著呀、寶玉道、你那裡知道我心裡的急呢、襲人笑道、你也知道着急麼、你可知道我心裡是怎麼着、快洗臉去罷、說著二人方起來梳洗、寶玉往上房去後、誰知黛玉走來、見寶玉不在房中、因翻弄案上書看、可巧便翻出昨兒的莊子來、看見寶玉所續

之處、不覺又氣又笑、不禁也提筆續了一絕云、

無端弄筆是何人　勦襲南華莊子文
不悔自家無見識　却將醜語詆他人

題畢也往上房來見賈母後往王夫人處來、誰知鳳姐之女大姐兒病了、正亂着請大夫胗脉、大夫說替太太奶奶們道喜、姐兒發熱是見喜了、並非別症、王夫人鳳姐聽了、忙遣人問可好不好、大夫回道症雖險却順、倒還不妨、預備桑蟲猪尾要緊、鳳姐聽了、登時忙將起來、一面打掃房屋、供奉痘疹娘娘、一面傳與家人忌煎炒等物、一面命平兒打點鋪蓋衣服與賈璉隔房、一面又拿大紅尺頭給奶子丫頭親近人等裁衣裳、外面打掃

淨室、款留兩位醫生輪流斟酌胗脉下藥、十二日不放家去、賈璉只得搬出外書房來安歇、鳳姐和平兒都跟王夫人日日供奉娘娘、那賈璉只離了鳳姐、便要尋事、獨寢了兩夜、十分難熬、只得暫將小廝內清俊的選來出火、不想榮國府內有一個極不成材、破爛酒頭廚子、名叫多官兒、因他懦弱無能、人都叫他作多渾蟲、二年前、他父親給他娶了個媳婦、今年纔二十歲、也有幾分人材、又兼生性輕薄、最喜拈花惹草、多渾蟲又不理論、只有酒有肉有錢、就諸事不管了、所以寧榮二府之人都得入手、因這媳婦妖調異常、輕狂無比、衆人都叫他多姑娘兒、如今賈璉在外熬煎、往日也見過這媳婦、垂涎久了、只是內懼嬌妻、

外懼孌寵、不曾得手、那多姑娘兒也久有意於賈璉、只恨没空兒、今聞賈璉挪在外書房來、他便没事也要走三四輛、招惹的賈璉似饑鼠一般、少不得和心腹小廝計議、許以金帛、焉有不允之理、况都和這媳婦子是舊交、一說便成、是夜多渾蟲醉倒在炕、二鼓人定、賈璉便溜進來相會、一見面早已神魂失據、也不及情談款敘、便寬衣動作起來、誰知這媳婦子、有天生的奇趣、一經男子挨身、便覺遍體筋骨癱軟、使男子如卧綿上、更兼淫態浪言、壓倒娼妓、賈璉此時恨不得化在他身上、那媳婦子故作浪語、在下說道、你們姐兒出花兒、供着娘娘、你也該忌兩日、倒爲我腌臢了身子、快離了我這裡罷、賈璉一面大動、一面喘吁吁答道、你就是娘娘、那裡還管什麽娘娘呢、那媳婦子越浪起來、賈璉亦醜態畢露、一時事畢、不免盟山誓海、難捨難分、自此後遂成相契、一日大姐毒盡瘢回、十二日後送了娘娘、合家祭天祀祖、還愿焚香、慶賀放賞已畢、賈璉仍復搬進卧室、見了鳳姐、正是俗語云、新婚不如遠别、是夜更有無限恩愛、自不必說、次日早起、鳳姐往上屋裡去後、平兒收拾外邊拿進來的衣服鋪蓋、不承望枕套中抖出一綹青絲來、平兒會意、忙藏在袖内、便走到這邊房裡、拿出頭髮來、向賈璉笑道、這是什麽東西、賈璉一見、連忙上來要搶、平兒就跑、被賈璉一把揪住、按在炕上、從手中來奪、平兒笑道、你這個没良心的、我好意瞞着他來問你你倒賭利害等我囬來告訴了看你怎麼着賈璉聽說忙陪笑央求道好人你賞我罷我再不敢利害了一語未了忽聽鳳姐聲音賈璉此時鬆了不是搶又不是只叫好人別叫他知道平兒纔起身鳳姐已走進來叫平兒快開匣子替太太找樣子平兒忙答應了找時鳳姐見了賈璉忽然想起來便問平兒前日拿出去的東西都收進來了沒有平兒道收進來了鳳姐道少什麼不少平兒道細細査了没少一件兒鳳姐又道可多什麼平兒笑道不少就罷了那裡還有多出來的分兒鳳姐又笑道這十幾天難保干淨或者有相好的丟下什麼戒指兒汗巾兒也未可定一席話說的賈璉臉都黃了在鳳姐身背後只望着平兒殺雞兒抹脖子的使眼色兒求他遮蓋平兒只裝看不見因笑道怎麼我的心就和奶奶一樣我就怕有緣故留神搜了一搜竟一點破綻兒都没有奶奶不信親自搜搜鳳姐笑道傻丫頭他就有這些東西肯叫偺們搜着說着拿了樣子出去了平兒指着鼻子摇着頭兒笑道這件事你該怎麼謝我呢喜的賈璉眉開眼笑跑過來摟着心肝乖乖兒肉的便亂叫起來平兒手裡拿着頭髮笑道這是一輩子的把柄兒好便罷不好偺們就抖出來賈璉笑着央告道你好生收着罷千萬可別叫他知道嘴裡說着瞅他不隄防一把就搶過來笑道你拿着到底不好不如我燒了就完了事了一面說一面掖在靴掖

子內平兒咬牙道沒良心的過了河兒就拆橋明兒還想我替你撒謊呢賈璉見他嬌俏動情便摟着求歡平兒奪手跑出來急的賈璉灣着腰恨道死促狹小娼婦兒一定浪上人的火來他又跑了平兒在牕外笑道我浪我的誰叫你動火難道圖你舒服叫他知道了又不待見我呀賈璉道你不用怕他等我性子上來把這醋礶子打個稀爛他纔認的我呢他防我像防賊的是的只許他和男人說話不許我和女人說話我和女人說話略近些他就疑惑他不論小叔子姪兒大的小的說說笑笑就都使得了已後我也不許他見人平兒道他防你使得你醋他使不得他不籠絡着人怎麼使喚呢你行動就是壞心連我

也不放心別說他呀賈璉道哦也罷了麼都是你們行的是我行動兒就存壞心多早晚纔叫你們都死在我手裡呢正說著鳳姐走進院來因見平兒在牕外便問道要說話怎麼不在屋裡說又跑出來隔着牕戶鬧這是什麼意思賈璉在內接口道你可問他麼倒像屋裡有老虎吃他呢平兒道屋裡一個人沒有我在他跟前作什麼鳳姐笑道沒人纔便宜呢平兒聽說便道這話是說我麼鳳姐便笑道不說你說誰平兒道別叫我說出好話來了說着也不打簾子賭氣往那邊去了鳳姐自已掀簾進來說道平兒瘋魔了這蹄子認真要降伏起我來了仔細你的皮賈璉聽了倒在炕上拍手笑道我竟不知平兒道

麼利害從此倒服了他了鳳姐道都是你興的他我只和你算賬就完了賈璉聽了啐道你們兩個人不睦又拿我來墊喘兒了我躲開你們就完了鳳姐道我看你躲到那裡去賈璉道我自然有去處說著就走鳳姐道你別走我還有話和你說呢不知何事且聽下回分解

紅樓夢第二十一回終

紅樓夢第二十二回

聽曲文寶玉悟禪機　製燈謎賈政悲讖語

話說賈璉聽鳳姐兒說有話商量因止步問什麽話鳳姐道二十一是薛妹妹的生日你到底怎麽樣賈璉道我知道怎麽樣你連多少大生日都料理過了這會子倒沒有主意了鳳姐道大生日是有一定的則例如今他這生日大又不是小又不是所以和你商量賈璉聽了低頭想了半日道你竟糊塗了現有比例那林妹妹就是例往年怎麽給林妹妹做的如今也照樣給薛妹妹做就是了鳳姐聽了冷笑道我難道這個也不知道我也這麽想來着但昨日聽見老太太說問起大家的年紀生

日來聽見薛大妹妹今年十五歲雖不是整生日也算得將笄的年分兒了老太太說要替他做生日自然和往年給林妹妹做的不同了賈璉道這麽着就比林妹妹的多增些鳳姐道我也這麽想着所以討你的口氣兒我私自添了你又怪我不回明白了你了賈璉笑道罷罷這空頭情我不領你不盤察我就彀了我還怪你說着一徑去了不在話下且說湘雲住了兩日便要回去賈母因說等過了你寶姐姐的生日看了戲再回去湘雲聽了只得住下又一面遣人回去將自己舊日作的兩件針線活計取來為寶釵生辰之儀誰想賈母自見寶釵來了喜他穩重和平正值他纔過第一個生辰便自己捐資二十兩

喚了鳳姐來交與他備酒戲鳳姐湊趣笑道一個老祖宗給孩子們作生日不拘怎麽着誰還敢爭又辦什麽酒席呢既高興要熱鬧就說不得自已花費幾兩老庫裡的體巳這早晚找出這霉爛的二十兩銀子來做東意思還叫我們賠上果然拿不出來也罷了金的銀的圓的扁的壓塌了箱子底只是累掯我們老祖宗看看誰不是你老人家的兒女難道將來只有寶兄弟頂你老人家上五臺山不成那些東西只留給他我們雖不配使也別太苦了我們這個彀酒的彀戲的呢說的滿屋裡都笑起來賈母亦笑道你們聽聽這嘴我也算會說的了怎麽說不過這猴兒你婆婆也不敢強嘴你就和我啷啷的鳳姐笑道我婆婆也是一樣的疼寶玉我也沒處訴冤倒說我強嘴說着又引賈母笑了一會賈母十分喜悅到晚上衆人都在賈母前定省之餘大家娘兒們說笑時賈母因問寶釵愛聽何戲愛吃何物寶釵深知賈母年老之人喜熱鬧戲文愛吃甜爛之物便總依賈母素喜者說了一遍賈母更加喜歡次日先送過衣服玩物去王夫人鳳姐黛玉等諸人皆有隨分的不須細說至二十一日賈母內院搭了家常小巧戲臺定了一班新出的小戲崑弋兩腔俱有就在賈母上房擺了幾席家宴酒席並無一個外客只有薛姨媽史湘雲寶釵是客餘者皆是自已人這日早起寶玉因不見黛玉便到他房中來尋只見黛玉歪在炕上

寶玉笑道起來吃飯去就開戲了你愛聽那一齣我好點黛玉冷笑道你既這麼說你就特叫一班戲揀我愛的唱給我聽這會子犯不上借着光兒問我寶玉笑道這有什麽難的明兒就叫一班子也叫他們借着咱們的光兒一面說一面拉他起來携手出去吃了飯點戲時賈母一面先叫寶釵點寶釵推讓一遍無法只得點了一齣西遊記賈母自是喜歡又讓薛姨媽薛姨媽見寶釵點了不肯再點賈母便特命鳳姐點鳳姐雖有邢王二夫人在前但因賈母之命不敢違拗且知賈母喜熱鬧更喜謔笑科諢便先點了一齣却是劉二當衣賈母果真更又喜歡然後便命黛玉點黛玉又讓王夫人等先點賈母道今兒原

是我特帶着你們取樂咱們只管咱們的別理他們我巴巴兒的唱戲擺酒爲他們呢他們白聽戲白吃已經便宜了還讓他們點戲呢說着大家都笑黛玉方點了一齣然後寶玉史湘雲迎探惜李紈等俱各點了按齣扮演至上酒席時賈母又命寶釵點寶釵點了一齣山門寶玉道你只好點這些戲寶釵道你白聽了這幾年戲那裡知道這齣戲排場詞藻都好呢寶玉道我從來怕這些熱鬧戲寶釵笑道要說這一齣熱鬧你更不知戲了你過來我告訴你這一齣戲是一套北點絳唇鏗鏘頓挫那音律不用說是好了那詞藻中有隻寄生草極妙你何曾知道寶玉見說的這般好便湊近來央告好姐姐念給我聽聽寶

釵便念給他聽道

漫搵英雄淚。相離處士家。謝慈悲剃度在蓮臺下。沒緣法。轉眼分離乍。赤條條來去無牽掛。那裡討烟簑雨笠捲單行。一任俺芒鞋破鉢隨緣化。

寶玉聽了喜的拍膝搖頭稱賞不已又讚寶釵無書不知黛玉把嘴一撇道安靜些看戲罷還沒唱山門你就粧瘋了說的湘雲也笑了于是大家看戲到晚方散賈母深愛那做小旦的和那做小丑的因命人帶進來細看時益發可憐見的因問他年紀那小旦纔十一歲小丑纔九歲大家歎息了一回賈母令人另拿些肉菓給他兩個又另賞錢鳳姐笑道這個孩子扮上活

像一個人你們再瞧不出來寶釵心內也知道却點頭不說寶玉也點了點頭兒不敢說湘雲便接口道我知道是像林姐姐的模樣兒寶玉聽了忙把湘雲瞅了一眼衆人聽了這話留神細看都笑起來了說果然像他一時散了晚間湘雲便命翠縷把衣包收拾了翠縷道忙什麼等去的時候包也不遲湘雲道明早就走還在這裡做什麼看人家的臉子寶玉聽了這話忙近前說道好妹妹你錯怪了我林妹妹是個多心的人別人分明知道不肯說出來也皆因怕他惱誰知你不防頭就說出來了他豈不惱呢我怕你得罪了人所以纔使眼色你這會子惱了我豈不辜負了我要是別人那怕他得罪了人與我何干呢

湘雲摔手道你那花言巧語別望着我說我原不及你林妹妹別人拿他取笑兒都使得我說了就有不是我本也不配和他說話他是主子姑娘我是奴才丫頭麽寶玉急的說道我倒是爲你爲出不是來了我要有壞心立刻化成灰教萬人拿脚踹湘雲道大正月裡少信着嘴胡說這些沒要緊的歪話你要說你說給那些小性兒行動愛惱人會轄治你的人聽去別叫我啐你說着進賈母裡間屋裡氣忿忿的躺着去了寶玉沒趣只得又來找黛玉誰知纔進門便被黛玉推出來了將門關上寶玉又不解何故在窗外只是低聲叫好妹妹好妹妹黛玉總不理他寶玉悶悶的垂頭不語紫鵑却知端底當此時料不能勸那寶玉只呆呆的站着黛玉只當他回去了却開了門只見寶玉還站在那裡黛玉不好再閉門寶玉因跟進來問道凡事都有個原故說出來人也不委屈好好的就惱到底爲什麽起呢黛玉冷笑道問我呢我也不知爲什麽我原是給你們取笑兒的拿着我比戲子給衆人取笑兒寶玉道我並沒有比你也並沒有笑你爲什麽惱我呢黛玉道你還要比你還要笑你不比不笑比人家比了笑了的還利害呢寶玉聽說無可分辯黛玉又道這還可恕你爲什麽又和雲兒使眼色兒這安的是什麽心莫不是他和我頑他就自輕自賤了他是公侯的小姐我原是民間的丫頭他和我頑設如我回了口那不是他自惹輕賤

你是這個主意不是你却也是好心只是那一個不領你的情一般也惱了你又拿我作情倒說我小性兒行動肯惱人你又怕他得罪了我我惱他與你何干他得罪了我又與你何干呢寶玉聽了方知纔和湘雲私談他也聽見了細想自已原爲怕他二人惱了故在中間調停不料自已反落了兩處的數落正合着前日所看南華經內巧者勞而智者憂無能者無所求蔬食而遨遊汎若不繫之舟又曰山木自寇源泉自盜等句因此越想越無趣再細想來如今不過這幾個人尚不能應酬妥協將來猶欲何爲想到其間也不分辯自已轉身回房黛玉見他去了便知回思無趣賭氣去的一言也不發不禁自已越添了

氣便說這一去一輩子也別來了也別說話那寶玉不理竟回來躺在床上只是悶悶的襲人雖深知原委不敢就說只得以別事來解說因笑道今兒聽了戲又勾出幾天戲來寶姑娘一定要還席的寶玉冷笑道他還不還與我什麽相干襲人見這話不似往日因又笑道這是怎麽說呢好好兒的大正月裡娘兒們姐兒們都喜喜歡歡的你又怎麽這個樣兒了寶玉冷笑道他們娘兒們姐兒們喜歡不喜歡也與我無干襲人笑道大家隨和兒你也隨點和兒不好寶玉道什麽大家彼此他們有大家彼此我只是赤條條無牽掛的說到這句不覺淚下襲人見這景況不敢再說寶玉細想這一句意味不禁大哭起來翻

身站起來至案邊提筆立占一偈云

你證我證　心證意證　是無有證
斯可云證　無可云證　是立足境

寫畢自己雖解悟又恐人看了不解因又塡一隻寄生草寫在偈後又念了一遍自覺心中無有掛礙便上床睡了誰知黛玉見寶玉此番果斷而去假以尋襲人爲由來看動靜襲人回道已經睡了黛玉聽了就欲回去襲人笑道姑娘請站着有一個字帖兒瞧瞧寫的是什麼話便將寶玉方纔所寫的拿給黛玉看黛玉看了知是寶玉爲一時感忿而作不覺又可笑又可歎便向襲人道作的是個頑意兒無甚關係的說畢便拿了回房

去次日和寶釵湘雲同看寶釵念其詞曰

無我原非你從他不解伊肆行無礙憑來去茫茫着甚悲
愁喜紛紛說甚親疎密從前碌碌却因何到如今回頭試
想眞無趣

看畢又看那偈語因笑道這是我的不是了我昨兒一支曲子把他這個話惹出來這些道書機鋒最能移性的明兒認眞說起這些瘋話存了這個念頭豈不是從我這支曲子起的呢我成了個罪魁了說着便撕了個粉碎遞給丫頭們叫快燒了黛玉笑道不該撕了等我問他你們跟我來包管叫他收了這個癡心三人說着過來見了寶玉黛玉先笑道寶玉我問你至貴

者寶至堅者玉爾有何貴爾有何堅寶玉竟不能答二人笑道這樣愚鈍還參禪呢湘雲也拍手笑道寶哥哥可輸了黛玉又道你道無可云證是立足境固然好了只是據我看來還未盡善我還續兩句云無立足境方是干淨寶釵道實在這方悟徹當日南宗六祖惠能初尋師至韶州聞五祖宏忍在黃梅他便充作火頭僧五祖欲求法嗣令諸僧各出一偈上座神秀說道

身是菩提樹　心如明鏡臺　時時勤拂拭　莫使有塵埃

惠能在廚房舂米聽了道美則美矣了則未了因自念一偈曰

菩提本非樹　明鏡亦非臺　本來無一物　何處染塵埃

五祖便將衣缽傳給了他今兒這偈語亦同此意了只是方纔

這句機鋒尚未完全了結這便丟開手不成黛玉笑道他不能答就算輸了這會子答上了也不爲出奇了只是以後再不許談禪了連我們兩個人所知所能的你還不知不能呢還去參什麼禪呢寶玉自已以爲覺悟不想忽被黛玉一問便不能答寶釵又比出語錄來此皆素不見他們所能的自已想了一想原來他們比我的知覺在先尚未解悟我如今何必自尋苦惱想畢便笑道誰又參禪不過是一時的頑話兒罷了說罷四人仍復如舊忽然人報娘娘差人送出一個燈謎來命他們大家去猜猜後每人也作一個送進去四人聽說忙出來至賈母上房只見一個小太監拿了一盞四角平頭白紗燈當爲燈謎而

製上面已有了一個衆人都爭看亂猜小太監又下諭道衆小姐猜着不要說出來每人只暗暗的寫了一齊封送進去候娘娘自驗是否寶釵聽了近前一看是一首七言絕句並無新奇口中少不得稱讚只說難猜故意尋思其實一見早猜着了寶玉黛玉湘雲探春四個人也都解了各自暗暗的寫了一並將賈環賈蘭等傳來一齊各揣心機猜了寫在紙上然後各人拈一物作成一謎恭楷寫了掛於燈上太監去了至晚出來傳諭道前日娘娘所製俱已猜着惟二小姐與三爺猜的不是小姐們作的也都猜了不知是否說著也將寫的拿出來也有猜著的也有猜不着的太監又將頒賜之物送與猜着之人每人一

個宮製詩筒一柄茶筅獨迎春賈環二人未得迎春自以為頑笑小事並不介意賈環便覺得沒趣且又聽太監說三爺所作這個不通娘娘也沒猜叫我帶回問三爺是個什麽衆人聽了都來看他作的是什麽寫道

大哥有角只八個　二哥有角只兩根
大哥只在床上坐　二哥愛在房上蹲

衆人看了大發一笑賈環只得告訴太監說是一個枕頭一個獸頭太監記了領茶而去賈母見元春這般有興自己一發喜樂便命速作一架小巧精緻圍屏燈來設于堂屋命他姊妹們各自暗暗的做了寫出來粘在屏上然後預備下香茶細菓以

及各色玩物為猜著之賀賈政朝罷見賈母高興况在節間晚上也來承歡取樂上面賈母賈政寶玉一席王夫人寶釵黛玉湘雲又一席迎春探春惜春三人又一席俱在下面地下老婆丫鬟站滿李宮裁王熙鳳二人在裡間又一席賈政因不見賈蘭便問怎麽不見蘭哥兒地下女人們忙進裡間問李氏李氏起身笑著回道他說方纔老爺並沒叫他去他不肯來女人們回覆了賈政衆人都笑說天生的牛心拐孤賈政忙遣賈環和個女人將賈蘭喚來賈母命他在身邊坐了抓菓子給他吃大家說笑取樂往常間只有寶玉長談闊論今日賈政在這裡便唯唯而已餘者湘雲雖係閨閣弱質却素喜談論今日賈政在席也自拑口禁語黛玉本性嬌懶不肯多話寶釵原不妄言輕動便此時亦是坦然自若故此一席雖是家常取樂反見拘束賈母亦知因賈政一人在此所致酒過三巡便攆賈政去歇息賈政亦知賈母之意攆了他去好讓他姊妹兄弟們取樂因陪笑道今日原聽見老太太這裡大設春燈雅謎故也備了綵禮酒席特來入會何疼孫子孫女之心便不略賜與兒子半點賈母笑道你在這裡他們都不敢說笑沒的倒叫我悶的慌你要猜謎兒我說一個你猜猜不着是要罰的賈政忙笑道自然受罰若猜著了也要領賞呢賈母道這個自然便念道

猴子身輕站樹梢　打一菓名

賈政已知是荔枝故意亂猜罰了許多東西然後方猜著了也得了賈母的東西然後也念一個燈謎與賈母猜念道

身自端方　體自堅硬
雖不能言　有言必應

打一用物

說畢便悄悄的說與寶玉寶玉會意又悄悄的告訴了賈母賈母想了一想果然不差便說是硯台賈政笑道到底是老太太一猜就是回頭說快把賀彩獻上來地下婦女答應一聲大盤小盒一齊捧上賈母逐件看去都是燈節下所用所頑新巧之物心中甚喜遂命給你老爺斟酒寶玉執壺迎春送酒賈母因

說你瞧瞧那屏上都是他姐兒們做的再猜一猜我聽賈政答應把身走至屏前只見第一個是元妃的寫着道

能使妖魔膽盡摧　身如東帛氣如雷
一聲震得人方恐　回首相看已化灰

語甚頹喪

打一頑物

賈政道這是爆竹嗎寶玉答道是賈政又看迎春的道

天運無功理不窮　有功無運也難逢
因何鎮日紛紛亂　只為陰陽數不通

打一用物

賈政道是算盤迎春笑道是又往下看是探春的道

階下兒童仰面時　清明粧點最堪宜
遊絲一斷渾無力　莫向東風怨別離
打一頑物
賈政道好像風箏探春道是賈政再往下看是黛玉的道
朝罷誰攜兩袖烟　琴邊衾裡兩無緣
曉籌不用雞人報　五夜無煩侍女添
焦首朝朝還暮暮　煎心日日復年年
光陰荏苒須當惜　風雨陰晴任變遷
打一用物
賈政道這個莫非是更香寶玉代言道是賈政又看道
南面而坐　北面而朝　象憂亦憂　象喜亦喜
打一用物
賈政道好好如猜鏡子妙極寶玉笑回道是賈政道這一個却無名字是誰做的賈母道這個大約是寶玉做的賈政就不言語往下再看寶釵的道是
有眼無珠腹內空　荷花出水喜相逢
梧桐葉落分離別　恩愛夫妻不到冬
打一用物
賈政看完心內自忖道此物還倒有限只是小小年紀作此等言語更覺不祥看來皆非福壽之輩想到此處甚覺煩悶大有

悲戚之狀只是垂頭沉思賈母見賈政如此光景想到他身體勞乏又恐拘束了他衆姊妹不得高興頑耍便對賈政道你竟不必在這裡了歇着去罷讓我們再坐一會子也就散了賈政一聞此言連忙答應幾個是又勉强勸了賈母一回酒方纔退出去了回至房中只是思索翻來覆去甚覺悽惋這裡賈母見賈政去了便道你們樂一樂罷一語未了只見寶玉跑至圍屏燈前指手畫脚信口批評這個這一句不好那個破的不恰當如同開了鎖的猴兒一般黛玉便道還像方纔大家坐著說說笑笑豈不斯文些兒鳳姐兒自裡間屋裡出來揷口說道你這個人就該老爺每日合你寸步兒不離纔好剛纔我忘了爲什

麽不當着老爺攛掇着叫你作詩謎兒這會子不怕你不出汗呢說的寶玉急了扯着鳳姐兒厮纏了一會賈母又和李宮裁並衆姊妹等說笑了一會子也覺有些困倦聽了聽已交四鼓了因命將食物撤去賞給衆人遂起身道我們歇着罷明日還是節呢該當早些起來明日晚上再頑罷於是衆人方慢慢的散去未知次日如何且聽下回分解

紅樓夢第二十二回終

紅樓夢第二十三回

西廂記妙詞通戲語　牡丹亭艷曲警芳心

話說賈母次日仍領衆人過節那元妃却自幸大觀園回宮去後便命將那日所有的題咏命探春抄錄妥協自己編次優劣又命在大觀園勒石為千古風流雅事因此賈政命人選拔精工大觀園磨石鐫字賈珍率領賈蓉賈薔等監工因賈薔又管著文官等十二個女戲子並行頭等事不得空閑因此又將賈菖賈菱賈萍喚來監工一日湊蠟釘硃動起手來這也不在話下且說那玉皇廟並達摩菴兩處一班的十二個小沙彌並十二個小道士如今挪出大觀園來賈政正想發到各廟去分住

不想後街上住的賈芹之母楊氏正打算到賈政這邊謀一個大小事件與兒子管管也好弄些銀錢使用可巧聽見這件事便坐車來求鳳姐鳳姐因見他素日嘴頭兒乖滑便依允了想了幾句話便回了王夫人說這些小和尚小道士萬不可打發到別處去一時娘娘出來就要應承的倘或散了若再用時可又費事依我的主意不如將他們都送到家廟鐵檻寺去月間不過派一個人拿幾兩銀子去買柴米就是了說聲用走去叫一聲就來一點兒不費事王夫人聽了便商之於賈政賈政聽了笑道倒是提醒了我就是這樣即時喚賈璉賈璉正同鳳姐吃飯一聞呼喚放下飯便走鳳姐一把拉住笑道你先站住聽

我說話要是別的事我不管要是爲小和尚小道士們的事好歹你依著我這麽着如此這般教了一套話賈璉搖頭笑道我不管你有本事你說去鳳姐聽說把頭一梗把快子一放腮上帶笑不笑的瞅着賈璉道你是眞話還是頑話兒賈璉笑道西廊下五嫂子的兒子芸兒來了求了兩三遭要件事管管我應了叫他等着好容易出來這件事你又奪了去鳳姐兒笑道你放心園子東北角上娘娘說了還叫多多的種松栢樹樓底下還叫種些花草兒等這件事出來我包管叫芸兒管這工程就是了賈璉道這也罷了因又悄悄的笑道我問你我昨兒晚上不過要改個樣兒你爲什麽就那麽扭手扭脚的呢鳳姐聽了把

臉飛紅嗤的一笑向賈璉啐了一口依舊低下頭吃飯賈璉笑着一徑去了走到前面見了賈政果然爲小和尚的事賈璉便依着鳳姐的話說道看來芹兒倒出息了這件事竟交給他去管横豎照裡頭的規例每月支領就是了賈政原不大理論這些小事聽賈璉如此說便依允了賈璉回房告訴鳳姐鳳姐即命人去告訴楊氏賈芹便來見賈璉夫妻感謝不盡鳳姐又做情先支三個月的費用叫他寫了領字賈璉畫了押登時發了對牌出去銀庫上按數發出三個月的供給來白花花三百兩賈芹隨手拈了一塊與掌平的人叫他們喝了茶罷於是命小廝拿了回家與母親商議登時僱車坐上又僱了幾輛車子至

榮國府角門前與出二十四個人來坐上車子一徑往城外鐵檻寺去了當下無話如今且說那元妃在宮中編次大觀園題咏忽然想起那園中的景致自從幸過之後賈政必定敬謹封鎖不叫人進去豈不孤負此園况家中現有幾個能詩會賦的姊妹們何不命他們進去居住也不使佳人落魄花柳無顏却又想寶玉自幼在姊妹叢中長大不比別的兄弟若不命他進去又怕冷落了他恐賈母王夫人心上不喜須得也命他進去居住方妥命太監夏忠到榮府下一道諭命寶釵等在園中居住不可封錮命寶玉也隨進去讀書賈政王夫人接了諭命夏忠去後便回明賈母遣人進去各處收拾打掃安設簾幔床帳

別人聽了還猶自可惟寶玉喜之不勝正和賈母盤算要這個要那個忽見丫鬟來說老爺叫寶玉寶玉呆了半晌登時掃了興臉上轉了色便拉着賈母扭的扭股兒糖是的死也不敢去賈母只得安慰他道好寶貝你只管去有我呢他不敢委屈了你况你做了這篇好文章想必娘娘叫你進園去住他吩咐你幾何話不過是怕你在裡頭淘氣他說什麼你只好生答應着就是了一面安慰一面喚了兩個老嬤嬤來吩咐好生帶了寶玉去別叫他老子唬着他老嬤嬤答應了寶玉只得前去一步挪不了三寸蹭到這邊來可巧賈政在王夫人房中商議事情金釧兒彩雲彩鳳繡鸞繡鳳等衆丫鬟都廊簷下站着呢一見

寶玉來都抿着嘴兒笑他金釧兒一把拉着寶玉悄悄的說道我這嘴上是纔擦的香香甜甜的胭脂你這會子可吃不吃了彩雲一把推開金釧兒笑道人家心裡發虛你還慪他趁這會子喜歡快進去罷寶玉只得挨門進去原來賈政和王夫人都在裡間呢趙姨娘打起簾子來寶玉挨身而入只見賈政和王夫人對坐在炕上說話兒地下一溜椅子迎春探春惜春賈環四人都坐在那裡一見他進來探春惜春和賈環都站起來賈政一舉目見寶玉站在跟前神彩飄逸秀色奪人又看看賈環人物委瑣舉止粗糙忽又想起賈珠來再看看王夫人只有這一個親生的兒子素愛如珍自己的鬍鬚將已蒼白因此上把

平日嫌惡寶玉之心不覺減了八九分半晌說道娘娘吩咐說你日日在外遊嬉漸次踈懶了工課如今叫禁管你和姐妹們在園裡讀書你可好生用心學習再不守分安常你可仔細著寶玉連連答應了幾個是王夫人便拉他在身邊坐下他姊弟三人依舊坐下王夫人摸索着寶玉的脖項說道前兒的丸藥都吃完了沒有寶玉答應道還有一丸王夫人道明兒再取十丸來天天臨睡時候叫襲人伏侍你吃了再睡寶玉道從太太吩咐了襲人天天臨睡打發我吃的賈政便問道誰叫襲人王夫人道是個丫頭賈政道丫頭不拘叫個什麼罷了是誰起這樣刁鑽名字王夫人見賈政不喜歡了便替寶玉掩飾道是老

太太起的賈政道老太太如何曉得這樣的話一定是寶玉寶玉見瞞不過只得起身回道因素日讀詩曾記古人有句詩云花氣襲人知晝暖因這丫頭姓花便隨意起的王夫人忙向寶玉說道你回去改了罷老爺也不用爲這小事生氣賈政道其實也無妨碍不用改只可見寶玉不務正專在這些濃詞艷詩上做工夫說畢斷喝了一聲作孽的畜生還不出去王夫人也忙道去罷去罷怕老太太等吃飯呢寶玉答應了慢慢的退出去向金釧兒笑着伸伸舌頭帶着兩個老嬤嬤一溜煙去了剛至穿堂門前只見襲人倚門而立見寶玉平安回來堆下笑來問道叫你做什麼寶玉告訴沒有什麼不過怕我進園淘氣吩咐吩咐一面說一面回至賈母跟前回明原委只見黛玉正在那裡寶玉便問他你住住那一處好黛玉正盤算這事忽見寶玉一問便笑道我心裡想着瀟湘館好我愛那幾竿竹子隱着一道曲欄比別處幽靜些寶玉聽了拍手笑道合了我的主意了我也要叫你那裡住我就住怡紅院偺們兩個又近又都清幽二人正計議着賈政遣人來回賈母說是二月二十二日是好日子哥兒姐兒們就搬進去罷這幾日便遣人進去分派收拾寶釵住了蘅蕪苑黛玉住了瀟湘館迎春住了綴錦樓探春住了秋掩書齋惜春住了蓼風軒李紈住了稻香村寶玉住了怡紅院每一處添兩個老嬤嬤四個丫頭除各人的奶娘親隨

丫頭外另有專管收拾打掃的至二十二日一齊進去登時園內花招繡帶柳拂香風不似前番那等寂寞了閒言少叙且說寶玉自進園來心滿意足再無別項可生貪求之心每日只和姊妹丫鬟們一處或讀書或寫字或彈琴下棋作畫吟詩以至描鸞刺鳳鬭草簪花低吟悄唱拆字猜枚無所不至倒也十分快意他曾有幾首四時即事詩雖不算好却是真情真景

春夜即事云

霞綃雲幄任鋪陳　隔巷蛙聲聽不真
枕上輕寒窗外雨　眼前春色夢中人
盈盈燭淚因誰泣　點點花愁為我嗔

自是小鬟嬌懶慣　擁衾不耐笑言頻

夏夜即事云

倦繡佳人幽夢長、　金籠鸚鵡喚茶湯、
窗明麝月開宮鏡、　室靄檀雲品御香、
琥珀杯傾荷露滑、　玻璃檻納柳風凉、
水亭處處齊紈動、　簾捲朱樓罷晚粧、

秋夜即事云

絳芸軒裡絕喧嘩、　桂魄流光浸茜紗、
苔鎖石紋容睡鶴、　井飄桐露濕棲鴉、
抱衾婢至舒金鳳、　倚檻人歸落翠花、

靜夜不眠因酒渴、沉烟重撥索烹茶

冬夜即事云

梅魂竹夢已三更、錦罽鷫衾睡未成、
松影一庭惟見鶴、梨花滿地不聞鶯、
女奴翠袖詩懷冷、公子金貂酒力輕、
却喜侍兒知試茗、掃將新雪及時烹、

不說寶玉閒吟且說這幾首詩當時一有等勢利人見是榮國府十二三歲的公子做的抄錄出來各處稱頌再有等輕薄子弟愛上那風流妖艷之句也寫在扇頭壁上不時吟哦賞讚因此上竟有人來尋詩覓字倩畫求題這寶玉一發得意了每日

家做這些外務誰想靜中生動忽一日不自在起來這也不好那也不好出來進去只是發悶園中那些女孩子正是混沌世界天真爛熳之時坐卧不避嬉笑無心那裡知寶玉此時的心事那寶玉不自在便懶在園內只想外頭鬼混却痴痴的又說不出什麽滋味來茗煙見他這樣因想與他開心左思右想皆是寶玉頑煩了的只有一件不曾見過想畢便走到書坊內把那古今小說並那飛燕合德則天玉環的外傳與那傳奇角本買了許多孝敬寶玉寶玉一看如得珍寶茗烟又囑咐道不可拿進園去叫人知道了我就吃不了兜着走了寶玉那裡肯不拿進去踟躕再四單把那文理雅道些的揀了幾套進去放在

床頂上無人將方看那粗俗過露的都藏于外面書房內那日正當三月中浣早飯後寶玉攜了一套會真記走到沁芳閘橋那邊桃花底下一塊石上坐著展開會真記從頭細看正看到落紅成陣只見一陣風過樹上桃花吹下一大斗來落得滿身滿書滿地皆是花片寶玉要抖將下來恐怕脚步踐踏了只得兜了那花瓣兒來至池邊抖在池內那花瓣兒浮在水面飄飄蕩蕩竟流出沁芳閘去了回來只見地下還有許多花瓣寶玉正踟躕間只聽背後有人說道你在這裡做什麽寶玉一回頭却是黛玉來了肩上擔着花鋤花鋤上掛着紗囊手內拿着花帚寶玉笑道来的正好你把這些花瓣兒都掃起來撂在那水

裡去罷我纔撂了好些在那裡了黛玉道撂在水裡不好你看這裡的水干净只一流出去有人家的地方兒什麽沒有仍舊把花遭塌了那畸角兒上我有一個花塚如今把他掃了裝在這絹袋裡埋在那裡日久隨土化了豈不干净寶玉聽了喜不自禁笑道待我放下書幇你來收拾黛玉道什麽書寶玉見問慌的藏了便說道不過是中庸大學黛玉道你又在我跟前弄鬼趂早兒給我瞧瞧好多着呢寶玉道妹妹要論你我是不怕的你看了好歹別告訴人真是好文章你要看了連飯也不想吃呢一面說一面遞過去黛玉把花具放下接書來瞧從頭看去越看越愛不頓飯時已看了好幾齣了但覺詞句警人餘香

滿口一面看了只管出神心內還默默記誦寶玉笑道妹妹你說好不好黛玉笑着點頭兒寶玉笑道我就是個多愁多病的身你就是那傾國傾城的貌黛玉聽了不覺帶腮連耳的通紅了登時豎起兩道似蹙非蹙的眉瞪了一雙似睜非睜的眼桃腮帶怒薄面含嗔指着寶玉道你這該死的胡說了好好兒的把這些淫詞艷曲弄了來說這些混賬話欺負我我告訴舅舅舅母去說到欺負二字就把眼圈兒紅了轉身就走寶玉急了忙向前攔住道好妹妹千萬饒我這一遭兒罷要有心欺負你明兒我掉在池子裡叫個癩頭黿吃了去變個大忘八等你明兒做了一品夫人病老歸西的時候兒我往你墳上替你駝一輩子碑去說的黛玉撲嗤的一聲笑了一面揉着眼一面笑道

一般唬的這麼個樣兒還只管胡說呸原來也是個銀樣蠟鎗頭寶玉聽了笑道你說說你這個呢我也告訴去黛玉笑道你說你會過目成誦難道我就不能一目十行了寶玉一面收書一面笑道正經快把花兒埋了罷别提那些個了二人便收拾落花正纔掩埋妥協只見襲人走來說道那裡沒找到摸在這裡來了那邊大老爺身上不好姑娘們都過去請安去了老太太叫打發你去呢快回去換衣裳罷寶玉聽了忙拿了書别了黛玉同襲人回房換衣不提這裡黛玉見寶玉去了聽見衆姐妹也不在房中自己悶悶的正欲回房剛走到梨香院墻角外

只聽見墻內笛韻悠揚歌聲婉轉黛玉便知是那十二個女孩子演習戲文雖未留心去聽偶然兩句吹到耳聯內明明白白一字不落道原來是姹紫嫣紅開遍似這般都付與斷井頹垣黛玉聽了倒也十分感慨纏綿便止步側耳細聽又唱道是良辰美景奈何天賞心樂事誰家院聽了這兩句不覺點頭自歎心下自思原來戲上也有好文章可惜世人只知看戲未必能領略其中的趣味想畢又後悔不該胡想耽悞了聽曲子再聽時恰唱到只為你如花美眷似水流年黛玉聽了這兩句不覺心動神搖又聽道你在幽閨自憐等句越發如醉如癡站立不住便一蹲身坐在一塊山子石上細嚼如花美眷似水流年八

個字的滋味忽又想起前日見古人詩中有水流花謝兩無情之句再詞中又有流水落花春去也天上人間之句又兼方纔所見西廂記中花落水流紅閒愁萬種之句都一時想起來湊聚在一處仔細忖度不覺心痛神馳眼中落淚正沒個開交處忽覺身背後有人拍了他一下及至回頭看時未知是誰下回分解

紅樓夢第二十三回終

紅樓夢第二十四回

醉金剛輕財尚義俠　痴女兒遺帕惹相思

話說黛玉正在情思縈逗纏綿固結之時忽有人從背後拍了一下說道你作什麼一個人在這裡黛玉唬了一跳回頭看時不是別人卻是香菱黛玉道你這個傻丫頭冒冒失失的唬我一跳這會子打那裡來香菱嘻嘻的笑道我來找我們姑娘總找不着你們紫鵑也找你呢說璉二奶奶送了什麼茶葉來了回家去坐着罷一面說一面拉着黛玉的手回瀟湘館來果然鳳姐送了兩小瓶上用新茶葉來黛玉和香菱坐了談講些這一個綉的好那一個扎的精又下一回棋看兩句書香菱便走

了不在話下且說寶玉因被襲人找回房去只見鴛鴦歪在床上看襲人的鍼線呢見寶玉來了便說道你往那裡去了老太太等着你呢叫你過那邊請大老爺的安去還不快去換了衣裳走呢襲人便進房去取衣服寶玉坐在床沿上褪了鞋等靴子穿的工夫回頭見鴛鴦穿着水紅綾子袄兒青緞子坎肩兒下面露着玉色紬襪大紅綉鞋向那邊低着頭看鍼線脖子上圍着紫綢絹子寶玉便把臉湊在脖項上聞那香氣不住用手摩挲其白膩不在襲人以下便猴上身去涎着臉笑道好姐姐把你嘴上的胭脂賞我吃了罷一面說一面扭股糖是的粘在身上鴛鴦便叫道襲人你出來瞧瞧你跟他一輩子也不勸勸

他還是這麽著襲人抱了衣裳出來向寶玉道左勸也不改右勸也不改你到底是怎麽着你再這麽着這個地方兒可也就難住了一邊說一邊催他穿衣裳同鴛鴦往前面來見過賈母出至外面人馬俱已齊備剛欲上馬只見賈璉請安回來正下馬二人對面彼此問了兩句話只見旁邊轉過一個人來說請寶叔安寶玉看時只見這人生的容長臉兒長挑身材年紀只有十八九歲甚實斯文清秀雖然面善却想不起是那一房的叫什麽名字賈璉笑道你怎麽發獃連他也不認得他是廊下住的五嫂子的兒子芸兒寶玉笑道是了我怎麽就忘了因問他你母親好這會子什麽公當賈芸指賈璉道找二叔說句話

寶玉笑道你倒比先越發出挑了倒像我的兒子賈璉笑道好不害臊人家比你大五六歲呢就給你作兒子了寶玉笑道你今年十幾歲賈芸道十八了原來這賈芸最伶俐乖巧的聽寶玉說像他的兒子便笑道俗話說的好搖車兒裡的爺爺拄拐棍兒的孫子雖然年紀大山高遮不住太陽只從我父親死了這幾年也没人照管寶叔要不嫌姪兒蠢認做兒子就是姪兒的造化了賈璉笑道你聽見了認了兒子不是好開交的說着笑着進去了寶玉笑道明兒你閒了只管來找我別和他們鬼鬼祟祟的這會子我不得閒兒明日你到書房裡來我和你說一天話兒我帶你園裡頑去說著扳鞍上馬衆小厮隨往賈赦

這邊來見了賈赦不過是偶感些風寒先述了賈母問的話然後自己請了安賈赦先站起來回了賈母問的話便喚人來帶進哥兒去太太屋裡坐着寶玉退出來至後面到上房邢夫人見了先站了起來請過賈母的安寶玉方請安邢夫人拉他上炕坐了方問別人又命人倒茶茶未吃完只見賈琮來問寶玉好邢夫人道那裡找活猴兒去你那奶媽子死絕了也不收拾收拾弄的你黑眉烏嘴的那裡還像個大家子念書的孩子正說着只見賈環賈蘭小叔姪兩個也來請安邢夫人叫他兩個在椅子上坐着賈環見寶玉同邢夫人坐在一個坐褥上邢夫人又百般摸索撫弄他早已心中不自在了坐不多時便向賈

蘭使個眼色兒要走賈蘭只得依他一同起身告辭寶玉見他們起身也就要一同回去邢夫人笑道你且坐着我還和你說話寶玉只得坐了邢夫人向他兩個道你們回去各人替我問各人的母親好罷你姑姑姐姐們都在這裡呢鬧的我頭暈今兒不留你們吃飯了賈環等答應著便出去了寶玉笑道可是姐姐們都過來了怎麽不見邢夫人道他們坐了會子都往後頭不知那屋裡去了寶玉說大娘說有話說不知是什麽話邢夫人笑道那裡什麽話不過叫你等着同姐妹們吃了飯去還有一個好頑的東西給你帶回去頑兒娘兒兩個說著不覺又晚飯時候請過衆位姑娘們來調開桌椅羅列杯盤母女姊妹

們吃畢了飯寶玉辭別賈赦衆姊妹們回家見過賈母王夫人等各自回房安歇不在話下且說賈芸進去見了賈璉因打聽可有什麽事情賈璉告訴他說前兒倒有一件事情出來偏偏你嬸娘再三求了我給了芹兒了他許我說明兒園裡還有幾處要栽花木的地方等這個工程出來一定給你就是了那賈芸聽了半晌說道既這麽着我就等着罷叔叔也不必先在嬸娘跟前提我今兒來打聽的話到跟前再說也不遲賈璉道提他做什麽我那裡有這工夫說閒話呢明日還要到興邑去走一走必須當日赶回來方好你先等著去後日起更以後你來討信早了我不得閒說着便向後面換衣服去了賈芸出了榮國府回家一路思量想出一個主意來便一逕往他舅舅卜世仁家來原來卜世仁現開香料舖方纔從舖子裡回來一見賈芸便問你做什麽來了賈芸道有件事求舅舅帮襯要用冰片麝香好歹舅舅每樣賒四兩給我八月節按數送了銀子來卜世仁冷笑道再休提賒欠一事前日也是我們舖子裡一個夥計替他的親戚賒了幾兩銀子的貨至今總沒還因此我們大家賠上立了合同再不許替親友賒欠誰要犯了就罰他二十兩銀子的東道况且如今這個貨也短你就拿現銀子到我們這小舖子裡來買也還沒有這些只好倒扁兒去這是一件二則你那裡有正經事不過賒了去又是胡鬧你只說舅舅見你

一遭兒就派你一遭兒不是你小人兒家狠不知好歹也要立個主意賺幾個錢弄弄穿的吃的我看着也喜歡賈芸笑道舅舅說的有理但我父親沒的時候兒我又小不知事體後來聽見母親說都還虧了舅舅們出主意料理的喪事難道舅舅是不知道的還是有一畝地兩間房子在我手裡花了不成巧媳婦做不出沒米的飯來叫我怎麼樣呢還虧是我呢要是別的死皮賴臉的三日兩頭兒來纏舅舅要三升米二升豆子舅舅也就沒法兒呢卜世仁道我的兒舅舅要有還不是該當的我天天和你舅母說只愁你沒個筭計兒你但凡立的起來到你們大屋裡就是他們爺兒們見不着下個氣兒和他們的

管事的爺們嬉和嬉和也弄個事兒管管前兒我出城去碰見你們三屋裡的老四坐着好體面車又帶着四五輛車有四五十小和尚道士兒往家廟裡去了他那不虧能幹就有這個事到他身上了賈芸聽了勞叨的不堪便起身告辭卜世仁道怎麼這麼忙你吃了飯去罷一句話尚未說完只見他娘子說道你又糊塗了說着沒有米這裡買了半觔麵來下給你吃這會子還裝胖呢留下外甥挨餓不成卜世仁道再買半觔來添上就是了他娘子便叫女兒銀姐往對門付奶奶家去問有錢借幾十個明兒就送了來的夫妻兩個說話那賈芸早說了幾個不用費事去的無影無踪了不言卜家夫婦且說賈芸賭氣離

了舅舅家門一徑回來心下正自煩惱一邊想一邊走低着頭不想一頭就碰在一個醉漢身上把賈芸一把拉住罵道你瞎了眼碰起我來了賈芸聽聲音像是熟人仔細一看原來是緊隣倪二這倪二是個潑皮專放重利債在賭愽場吃飯專愛喝酒打架此時正從欠錢人家索債歸來已在醉鄉不料賈芸碰了他就要動手賈芸叫道老二住手是我沖撞了你倪二一聽他的語音將醉眼睜開一看見是賈芸忙鬆了手趔趄着笑道原來是賈二爺這會子那裡去賈芸道告訴不得你平白的又討了個沒趣兒倪二道不妨有什麼不平的事告訴我我替你出氣這三街六巷憑他是誰若得罪了我醉金剛倪二的街房

管叫他人離家散賈芸道老二你別生氣聽我告訴你這緣故便把卜世仁一段事告訴了倪二倪二聽了大怒道要不是二爺的親戚我就罵出來真真把人氣死也罷你也不必愁我這裡現有幾兩銀子你要用只管拿去我們好街房這銀子是不要利錢的一頭說一頭從搭包內掏出一包銀子來賈芸心下自思倪二素日雖然是潑皮却也因人而施頗有義俠之名若今日不領他這情怕他臊了反為不美不如用了他的改日加倍還他就是了因笑道老二你果然是個好漢既蒙高情怎敢不領回家就照例寫了文約送過來倪二大笑道這不過是十五兩三錢銀子你若要寫文約我就不借了賈芸聽了一面接

銀子一面笑道我遵命就是了何必着急倪二笑道這纔是呢天氣黑了也不讓你喝酒了我還有點事兒你竟請回罷我還求你帶個信兒給我們家叫他們關了門睡罷我不回家去了倘或有事叫我們女孩兒明兒一早到馬販子王短腿家找我一面說一面趔趄著腳兒去了不在話下且說賈芸偶然碰見了這件事心下也十分稀罕想那倪二倒果然有些意思只是怕他一時醉中慷慨到明日加倍來要便怎麼好呢忽又想道不妨等那件事成了可也加倍還的起他因走到一個錢鋪裡將那銀子稱了稱分兩不錯心上越發喜歡到家先將倪二的話捎給他娘子兒方回家來他母親正在炕上拈線見他進來

便問那裡去了一天賈芸恐母親生氣便不提卜世仁的事只說在西府裡等璉二叔來著問他母親吃了飯了沒有他母親說吃了還留着飯在那裡叫小丫頭拿來給他吃那天已是掌燈時候賈芸吃了飯收拾安歇一宿無話次日起來洗了臉便出南門大街在香鋪買了香麝往榮府來打聽賈璉出了門賈芸便往後面來到賈璉院門前只見幾個小廝拿着大高的笤帚在那裡掃院子呢忽見周瑞家的從門裡出來叫小廝們先別掃奶奶出來了賈芸忙上去笑問道二嬸娘那裡去周瑞家的道老太太叫想必是裁什麼尺頭正說着只見一羣人簇擁着鳳姐出來了賈芸深知鳳姐是喜奉承愛排場的忙把手逼

著恭恭敬敬搶上來請安鳳姐連正眼也不看仍往前走只問他母親好怎麼不來這裡逛逛賈芸道只是身上不好倒時常惦記着嬸娘要瞧瞧總不能來鳳姐笑道可是你會撒謊不是我提他也就不想我了賈芸笑道姪兒不怕雷劈就敢在長輩兒跟前撒謊了昨兒晚上還提起嬸娘來說嬸娘身子單弱事情又多虧了嬸娘好精神竟料理的周周全全的要是差一點兒的早累的不知怎麼樣了鳳姐聽了滿臉是笑由不的止了步問道怎麼好好兒的你們娘兒兩個在背地裡嚼說起我來賈芸笑着道只因我有個好朋友家裡有幾個錢現開香舖因他捐了個通判前兒選着了雲南不知那一府連家眷一齊去他這香舖也不開了就把貨物攢了一攢該給人的給人該賤發的賤發像這貴重的都送給親友所以我得了些冰片麝香我就和我母親商量賤賣了可惜要送人也沒有人家兒配使這些香料因想到嬸娘往年間還拿大包的銀子買這些東西呢別說今年貴妃宮中就是這個端陽節所用也一定比往常要加十幾倍所以拿來孝敬嬸娘一面將一個錦匣遞過去鳳姐正是辦節禮用香料便笑了一笑命豐兒接過芸哥兒的來送了家去交給平兒因又說道看你這麼知好歹怪不得你叔叔常提起你來說你好說話明白心裡有見識賈芸聽這話入港便打進一步來故意問道原來叔叔也常提我鳳姐見問便

要告訴給他事情曾的話一想又恐他看輕了只說得了這點兒香料便許他管事了因且把派他種花木的事一字不提隨口說了幾句淡話便往賈母屋裡去了賈芸自然也難提只得回來因昨日見了寶玉叫他到外書房等着故此吃了飯又進來到賈母那邊儀門外綺散齋書房裡來只見茗烟在那裡掏小雀兒呢賈芸在他身後把脚一跺道茗烟小猴兒又淘氣了茗烟回頭見是賈芸便笑道何苦二爺唬我們這麽一跳因又笑說我不叫茗烟了我們寶二爺嫌烟字不好改了叫焙茗了二爺明兒只叫我焙茗罷賈芸點頭笑着同進書房便坐下問寶二爺下來了沒有焙茗道今日總沒下來二爺說什麽我替

你探探去說着便出去了這裡賈芸便看字畫古玩有一頓飯的工夫還不見來再看看要找別的小子都頑去了正在煩悶只聽門前嬌音嫩語的叫了一聲哥哥呀賈芸往外瞧時是個十五六歲的丫頭生的倒甚齊整兩隻眼兒水水靈靈的見了賈芸抽身要躲恰值焙茗走來見那丫頭在門前便說道好好正抓不着個信兒呢賈芸見了焙茗也就赶出來問怎麽樣焙茗道等了半日也沒個人過這就是寶二爺屋裡的因說道好姑娘你帶個信兒就說廊上二爺來了那丫頭聽見方知是本家的爺們便不似從前那等廻避下死眼把賈芸釘了兩眼聽那賈芸說道什麽廊上廊下的你只說芸兒就是了半晌那丫

頭似笑不笑的說道依我說二爺且請回去明日再來今兒晚上得空兒我替回罷焙茗道這是怎麼說那丫頭道他今兒也沒睡中覺自然吃的晚飯早晚上又不下來難道只是叫二爺這裡等著挨餓不成不如家去明兒來是正經就便回來有人帶信兒也不過嘴裡答應著罷咧賈芸聽這丫頭的話簡便俏麗待要問他的名字因是寶玉屋裡的又不便問只得說道這話倒是我明日再來說著便往外去了焙茗道我倒茶去二爺喝了茶再去賈芸一面走一面回頭說不用我還有事呢口裡說話眼睛瞧那丫頭還站在那裡呢那賈芸一徑回來至次日來至大門前可巧遇見鳳姐往那邊去請安纔上了車見賈芸

過來便命人叫住隔着窗子笑道芸兒你竟有膽子在我跟前弄鬼怪道你送東西給我原來你有事求我昨兒你叔叔纔告訴我說你求他賈芸笑道求叔叔的事嬸娘別提我這裡正後悔呢早知這樣我一起頭兒就求嬸娘這會子早完了誰承望叔叔竟不能的鳳姐笑道哦你那邊沒成兒昨兒又來找我了賈芸道嬸娘辜負了我的孝心我並沒有這個意思要有這個思意昨兒還不求嬸娘嗎如今嬸娘既知道了我倒要把叔叔擱開少不得求嬸娘好歹疼我一點兒鳳姐冷笑道你們要揀遠道兒走麽早告訴我一聲兒多大點子事還值的耽悞到這會子那園子裡還要種樹種花兒我正想個人呢早就不早完

了賈芸笑道這樣明日嬸娘就派我罷鳳姐半晌道這個我看着不大好等明年正月裡的烟火燈燭那個大宗兒下來再派你不好麽賈芸道好嬸娘先把這個派了我果然這件辦的好再派我那件罷鳳姐笑道你倒會拉長線兒罷了要不是你叔叔說我不管你的事我不過吃了飯就過來你到午錯時候來領銀子後日就進去種花兒說着命人駕起香車徑去了賈芸喜不自禁來至綺散齋打聽寶玉誰知寶玉一早便往北靜王府裡去了賈芸便呆呆的坐到晌午打聽鳳姐回來去寫個領票來領對牌至院外命人通報了彩明走出來要了領票進去批了銀數年月一並連對牌交給賈芸賈芸接來看那批上批著

二百兩銀子心中喜悅翻身走到銀庫上領了銀子回家告訴他母親自是母子俱喜次日五更賈芸先找了倪二還了銀子又拿了五十兩銀子出西門找到花兒匠方椿家裡去買樹不在話下且說寶玉自這日見了賈芸曾說過明日着他進來說話這原是富貴公子的口角那裡還記在心上因而便忘懷了這日晚上却從北靜王府裡回來見過賈母王夫人等回至園內換了衣服正要洗澡襲人被寶釵煩了去打結子去了秋紋碧痕兩個去催水檀雲晴雯又因他母親病了接出去了麝月現在家中病着還有幾個做粗活聽使喚的丫頭料是叫不着他都出去尋夥覓伴的去了不想這一刻的工夫只剩了寶玉在屋

內偏偏的寶玉要喝茶一連叫了兩三聲方見兩三個老婆子走進來寶玉見了連忙搖手說罷罷不用了老婆子們只得退出寶玉見沒丫頭們只得自己下來拿了碗向茶壺去倒茶只聽背後有人說道二爺看燙了手等我倒罷一面說一面走上來接了碗去寶玉倒唬了一跳問你在那裡來著忽然來了唬了我一跳那丫頭一面遞茶一面笑着回道我在後院裡纔從裡間後門進來難道二爺就沒聽見脚步响麼寶玉一面吃茶一面仔細打量那丫頭穿着幾件半新不舊的衣裳倒是一頭黑鴉鴉的好頭髮挽著髻兒容長臉面細挑身材却十分俏麗甜淨寶玉便笑問道你也是我屋裡的人麼那丫頭笑應道是

寶玉道既是這屋裡的我怎麼不認得那丫頭聽說便冷笑一聲道爺不認得的也多呢豈止我一個從來我又不遞茶水拿東西眼面前兒的一件也做不着那裡認得呢寶玉道你爲什麼不做眼面前兒的呢那丫頭道這話我也難說只是有句話回二爺昨日有個什麼芸兒來找二爺我想二爺不得空兒便叫焙茗回他今日來了不想二爺又往北府裡去了剛說到這句話只見秋紋碧痕唏唏哈哈的笑著進來兩個人共提著一桶水一手撩衣裳趔趔趄趄潑潑撒撒的那丫頭便忙迎出去接秋紋碧痕一個抱怨你濕了我的衣裳一個又說你端了我的鞋忽見走出一個人來接水二人看時不是別人原來是小

紅二人便都咤異將水放下忙進來看時並沒別人只有寶玉便心中俱不自在只得且預備下洗澡之物待寶玉脫了衣裳二人便帶上門出來走到那邊房內找着小紅問他方纔在屋裡做什麽小紅道我何曾在屋裡呢因爲我的絹子找不着往後頭找去不想二爺要茶喝叫姐姐們一個兒也沒有我趕着進去倒了碗茶姐姐們就來了秋紋兜臉啐了一口道沒臉面的下流東西正經叫你催水去你說有事倒叫我們去你可搶這個巧宗兒一里一里的這不上來了嗎難道我們倒跟不上你麽你也拿鏡子照照配遞茶遞水不配碧痕道明兒我說給他們凡要茶要水拿東西的事咱們都別動只叫他去就完了

秋紋道這麽說還不如我們散了单讓他在這屋裡呢二人你一句我一句正鬧着只見有個老嬤嬤進來傳鳳姐的話說明日有人帶花兒匠來種樹叫你們嚴緊些衣裳裙子別混曬混晾的那土山上都攔着圍幙可別混跑秋紋便問明日不知是誰帶進匠人來監工那老婆子道什麽後廊上的芸哥兒秋紋碧痕俱不知道只管混問別的話那小紅心內明白知是昨日外書房所見的那人了原來這小紅本姓林小名紅玉因玉字犯了寶玉黛玉的名便改喚他做小紅原來是府中世僕他父親現在收管各處田房事務這小紅年方十四進府當差把他派在怡紅院中倒也清幽雅靜不想後來命姊妹及寶玉等進

大觀園居住偏生這一所兒又被寶玉點了這小紅雖然是個不諳事體的丫頭因他原有幾分容貌心內便想向上攀高每每要在寶玉面前現弄現弄只是寶玉身邊一干人都是伶牙利爪的那裡插的下手去不想今日纔有些消息又遭秋紋等一場惡話心內早灰了一半正沒好氣忽然聽見老嬤嬤說起賈芸來不覺心中一動便悶悶的回房睡在床上暗暗思量番來覆去自覺沒情沒趣的忽聽的窗外低低的叫道紅兒你的絹子我拾在這裡呢小紅聽了忙走出來看時不是別人正是賈芸小紅不覺粉面含羞問道二爺在那裡拾着的只見那賈芸笑道你過來我告訴你一面說一面就上来拉他的衣裳那

小紅臊的轉身一跑却被門檻子絆倒要知端底下回分解

紅樓夢第二十四回終

紅樓夢第二十五回

魘魔法叔嫂逢五鬼　通靈玉蒙蔽遇雙真

話說小紅心神恍惚情思纏綿忽朦朧睡去遇見賈芸要拉他却回身一跑被門檻絆了一跤唬醒過來方知是夢因此翻来覆去一夜無眠至次日天明方纔起來有幾個丫頭來會他去打掃屋子地面舀洗臉水這小紅也不梳粧向鏡中胡亂挽了一挽頭髮洗了洗手臉便來打掃房屋誰知寶玉昨兒見了他也就留心想着指名喚他來使用一則怕襲人等多心二則又不知他是怎麼個情性因而納悶早晨起來也不梳洗只坐着出神一時下了紙窗隔着紗屜子向外看的真切只見幾個丫

頭在那裡打掃院子都擦胭抹粉插花帶柳的獨不見昨兒那一個寶玉便靸拉着鞋走出房門只粧做看花東瞧西望一抬頭只見西南角上遊廊下欄杆旁有一個人倚在那裡却為一株海棠花所遮看不真切近前一步仔細看時正是昨兒那個丫頭在那裡出神此時寶玉要迎上去又不好意思正想着忽見碧痕來請洗臉只得進去了却說小紅正自出神忽見襲人招手叫他只得走上前來襲人笑道偺們的噴壺壞了你到林姑娘那邊借用一用小紅便走向瀟湘館去到了翠烟橋抬頭一望只見山坡高處都攔着帷幙方想起今日有匠役在此種樹原來遠遠的一簇人在那裡掘土賈芸正坐在山子石上監

工小紅待要過去又不敢過去只得悄悄向瀟湘館取了噴壺而回無精打彩自向房內躺着衆人只說他是身子不快也不理論過了一日原來次日是王子騰夫人的壽誕那裡原打發人來請賈母王夫人王夫人見賈母不去也不便去了倒是薛姨媽同着鳳姐兒並賈家三個姊妹寶釵寶玉一齊都去了至晚方回王夫人正過薛姨媽院裡坐着見賈環下了學命他去抄金剛經咒唪誦那賈環便來到王夫人炕上坐著命人點了蠟燭拿腔做勢的抄寫一時又叫彩雲倒鍾茶來一時又叫玉釧剪蠟花又說金釧擋了燈亮兒衆丫嬛們素日厭惡他都不答理只有彩霞還和他合得來倒了茶給他因向他悄悄的道

你安分些罷何苦討人厭賈環把眼一瞅道我也知道你別哄我如今你和寶玉好了不理我我也看出來了彩霞咬着牙向他頭上戳了一指頭道沒良心的狗咬呂洞賓不識好歹兩人正說着只見鳳姐跟着王夫人都過來了王夫人便一長一短問他今日是那幾位堂客戲文好歹酒席如何不多時寶玉也來了見了王夫人也規規矩矩說了幾句話便命人除去了抹額脫了袍服拉了靴子就一頭滾在王夫人懷裡王夫人便用手摩挲撫弄他寶玉也扳着王夫人的脖子說長說短的王夫人道我的兒又吃多了酒臉上滾熱的你還只是揉搓一會子鬧上酒來還不在那裡靜靜的躺一會子去呢說着便叫人拿

枕頭寶玉因就在王夫人身後倒下又叫彩霞來替他拍着寶玉便和彩霞說笑只見彩霞淡淡的不大答理兩眼只向着賈環寶玉便拉他的手說道好姐姐你也理我理兒一面說一面拉他的手彩霞奪手不肯便說再鬧就嚷了二人正鬧着原來賈環聽見了素日原恨寶玉今見他和彩霞頑耍心上越發按不下這口氣因一沉思計上心來故作失手將那一盞油汪汪的蠟燭向寶玉臉上只一推只聽寶玉嗳喲的一聲滿屋裡人都唬了一跳連忙將地下的綽燈移過來一照只見寶玉滿臉是油王夫人又氣又急忙命人替寶玉擦洗一面駡賈環鳳姐三步兩步上炕去替寶玉收拾着一面說這老三還是這麽毛

脚鷄是的我說你上不得臺盤趙姨娘平時也該教導教導他一句話提醒了王夫人遂叫過趙姨娘來駡道養出這樣黒心種子來也不教訓教訓幾番幾次我都不理論你們一發得了意了一發上來了那趙姨娘只得忍氣吞聲也上去幇着他們替寶玉收拾只見寶玉左邉臉上起了一溜燎炮幸而没傷眼睛王夫人看了又心疼又怕賈母問時難以回答急的又把趙姨娘駡一頓又安慰了寶玉一面取了敗毒散來敷上寶玉說有些疼還不妨事明日老太太問只說我自已燙的就是了鳳姐道就說自已燙的也要駡人不小心横豎有一塲氣生王夫人命人好生送了寶玉回房去襲人等見了都慌的了不得那

黛玉見寶玉出了一天的門便悶悶的晚間打發人來問了兩三遍知道燙了便親自趕過來只瞧見寶玉自已拿鏡子照呢左邊臉上滿滿的敷了一臉藥黛玉只當十分燙的利害忙近前瞧瞧寶玉却把臉遮了搖手叫他出去知他素性好潔故不肯叫他瞧黛玉也就罷了但問他疼的怎樣寶玉道也不狠疼養一兩日就好了黛玉坐了一會回去了次日寶玉見了賈母雖自已承認自已燙的賈母免不得又把跟從的人駡了一頓過了一日有寶玉寄名的乾娘馬道婆到府裡來見了寶玉唬了一大跳問其緣由說是燙的便點頭歎息一面向寶玉臉上用指頭畫了幾畫口內嘟嘟囔囔的又咒誦了一回說道包管

好了這不過是一時飛災又向賈母道老祖宗老菩薩那裡知道那佛經上說的利害大凡王公卿相人家的子弟只一生長下來暗裡就有多少促狹鬼跟着他得空兒就擰他一下或掐他一下或吃飯時打下他的飯碗來或走著推他一跤所以往往的那些大家子孫多有長不大的賈母聽如此說便問這有什麼法兒解救没有呢馬道婆便說道這個容易只是替他多做些因果善事也就罷了再那經上還說西方有位大光明普照菩薩専管照耀陰暗邪祟若有善男信女虔心供奉者可以永保兒孫康寧再無撞客邪祟之災賈母道倒不知怎麼供奉這位菩薩馬道婆說也不值什麽不過除香燭供奉以外一天

多添幾觔香油點個大海燈那海燈就是菩薩現身的法像晝夜不息的賈母道一天一夜也得多少油我也做個好事馬道婆說這也不拘多少隨施主愿心像我家裡就有好幾處的王妃誥命供奉的南安郡王府裡太妃他許的愿心大一天是四十八觔油一觔燈草那海燈也只比缸略小些錦鄉侯的誥命次一等一天不過二十觔油再有幾家或十觔八觔三觔五觔的不等也少不得要替他點賈母點頭思忖馬道婆道還有一件若是爲父母尊長的多捨些不妨既是老祖宗爲寶玉若捨多了怕哥兒擔不起反折了福氣了要捨大則七觔小則五觔也就是了賈母道既這麼樣就一日五觔每月打總兒關了去

馬道婆道阿彌陀佛慈悲大菩薩賈母又叫人來吩咐以後寶玉出門拿幾串錢交給他的小子們一路施捨給僧道貧苦之人說畢那道婆便往各房問安閒逛去了一時來到趙姨娘屋裡二人見過趙姨娘命小丫頭倒茶給他吃趙姨娘正粘鞋呢馬道婆見炕上堆着些零星綢緞因說我正沒有鞋面子姨奶奶給我些零碎綢子緞子不拘顏色做雙鞋穿罷趙姨娘歎口氣道你瞧那裡頭還有塊像樣兒的麼有好東西也到不了我這裡你不嫌不好挑兩塊去就是了馬道婆便挑了幾塊掖在袖裡趙姨娘又問前日我打發人送了五百錢去你可在藥王面前上了供沒有馬道婆道早已替你上了趙姨娘歎氣道阿

彌陀佛我手裡但凡從容些也時常來上供只是心有餘而力不足馬道婆道你只放心將來熬的環哥大了得個一官半職那時你要做多大功德還怕不能麽趙姨娘聽了笑道罷罷再別提起如今就是榜樣我們娘兒們跟的上這屋裡那一個兒寶玉兒還是小孩子家長的得人意兒大人偏疼他些兒也還罷了我只不服這個主兒一面說一面伸了兩個指頭馬道婆會意便問道可是璉二奶奶趙姨娘唬的忙搖手兒起身掀簾子一看見無人方回身向道婆說了不得了不得提起這個主兒這一分家私要不都叫他搬了娘家去我也不是個人馬道婆見說便探他的口氣道我還用你說難道都看不出來也虧

了你們心裡不理論只憑他去倒也好趙姨娘道我的娘不憑他去難道誰還敢把他怎麽樣嗎馬道婆道不是我說句造孽的話你們沒本事也難怪明裡不敢罷咧暗裡也筭計了還等到如今趙姨娘聽這話裡有話心裡暗暗的喜歡便說道怎麽暗裡筭計我倒有這個心只是沒這樣的能幹人你教給我這個法子我大大的謝你馬道婆聽了這話拿攏了一處便又故意說道阿彌陀佛你快別問我我那裡知道這些事罪罪過過的趙姨娘道你又來了你是最肯濟困扶危的人難道就眼睜睜的看着人家來擺佈死了我們娘兒們不成難道還怕我不謝你麽馬道婆聽如此便笑道要說我不忍你們娘兒兩個受

別人的委屈還猶可要說謝我那我可是不想的呀趙姨娘聽這話鬆動了些便說你這麼個明白人怎麼糊塗了果然法子靈驗把他兩人絕了這家私還怕不是我們的那時候你要什麼不得呢馬道婆聽了低了半日頭說那時候兒事情妥當了又無憑據你還理我呢趙姨娘道這有何難我攢了幾兩體已還有些衣裳首飾你先拿幾樣去我再寫個欠契給你到那時候兒我照數還你馬道婆想了一回道也罷了我少不得先墊上了趙姨娘不及再問忙將一個小丫頭也支開赶着開了箱子將首飾拿了些出來並體已散碎銀子又寫了五十兩欠約遞與馬道婆道你先拿去作供養馬道婆見了這些東西又有欠字遂滿口應承伸手先將銀子拿了然後收了契向趙姨娘要了張紙拿剪子鉸了兩個紙人兒問了他二人年庚寫在上面又找了一張藍紙鉸了五個青面鬼叫他併在一處拿針釘了回去我再作法自有效驗的忽見王夫人的丫頭進來道姨奶奶在屋裡呢麼太太等你呢于是二人散了馬道婆自去不在話下却說黛玉因寶玉燙了臉不出門倒常在一處說話兒這日飯後看了兩篇書又和紫鵑作了一會針線總悶悶不舒便出來看庭前纔迸出的新笋不覺出了院門來到園中四望無人惟見花光鳥語信步便往怡紅院來只見幾個丫頭舀水都在遊廊上看畫眉洗澡呢聽見房內笑聲原來是李紈鳳姐

寶釵都在這裡一見他進來都笑道這不又來了兩個黛玉笑道今日齊全誰下帖子請的鳳姐道我前日打發人送了兩瓶茶葉給姑娘可還好麼黛玉道我正忘了多謝想着寶玉道我嘗了不好也不知別人說怎麼樣寶釵道口頭也還好鳳姐道那是暹羅國進貢的我嘗了不覺怎麼好還不及我們常喝的呢黛玉道我吃著好不知你們的脾胃是怎樣的寶玉道你說好把我的都拿了吃去罷鳳姐道我那裡還多著呢黛玉道我叫丫頭取去鳳姐道不用我打發人送來我明日還有一事求你一同叫人送來罷黛玉聽了笑道你們聽聽這是吃了他一點子茶葉就使喚起人來了鳳姐笑道你既吃了我們家的

茶怎麼還不給我們家作媳婦兒衆人都大笑起來黛玉漲紅了臉回過頭去一聲兒不言語寶釵笑道二嫂子的詼諧真是好的黛玉道什麼詼諧不過是貧嘴賤舌的討人厭罷了說著又啐了一口鳳姐兒道你給我們家做了媳婦還虧負你麼指著寶玉道你瞧瞧人物兒配不上門第兒配不上根基兒家私兒配不上那一點兒玷辱你黛玉起身便走寶釵叫道顰兒急了還不回來呢走了倒沒意思說着站起來拉住纔到房門只見趙姨娘和周姨娘兩個人都來瞧寶玉寶玉和衆人都起身讓坐獨鳳姐不理寶釵正欲說話只見王夫人房裡的丫頭來說舅太太來了請奶奶姑娘們過去呢李紈連忙同着鳳姐兒

走了趙周兩人也都出去了寶玉道我不能出去你們好歹別叫舅母進來又說林妹妹你略站站我和你說話鳳姐聽了回頭向黛玉道有人叫你說話呢回去罷便把黛玉往後一推和李紈笑着去了這裡寶玉拉了黛玉的手只是笑又不說話黛玉不覺又紅了臉掙着要走寶玉道噯喲好頭疼黛玉道該阿彌陀佛寶玉大叫一聲將身一跳離地有三四尺高口內亂嚷盡是胡話黛玉並衆丫鬟都唬慌了忙報知王夫人與賈母此時王子騰的夫人也在這裡都一齊來看寶玉一發拿刀弄杖尋死覓活的鬧的天翻地覆賈母王夫人一見唬的抖衣亂戰兒一聲肉一聲放聲大哭於是驚動了衆人連賈赦邢夫人賈珍賈政並璉蓉芸萍薛姨媽薛蟠並周瑞家的一干家中上下人等並丫鬟媳婦等都來園內看視登時亂麻一般正沒個主意只見鳳姐手持一把明晃晃的刀砍進園來見雞殺雞見犬殺犬見了人瞪着眼就要殺人衆人一發慌了周瑞家的帶着幾個力大的女人上去抱住奪了刀抬回房中平兒豐兒等哭的哀天叫地賈政心中也着忙當下衆人七言八語有說送祟的有說跳神的有薦玉皇閣張道士捉怪的整鬧了半日祈求禱告百般醫治並不見好日落後王子騰夫人告辭去了次日王子勝也來問候接著小史侯家邢夫人弟兄並各親戚都来瞧看也有送符水的也有薦僧道的也有薦醫的他叔嫂二人

一發糊塗不省人事身熱如火在床上亂說到夜裡更甚因此那些婆子丫鬟不敢上前故將他叔嫂二人都搬到王夫人的上房內着人輪班守視賈母王夫人邢夫人並薛姨媽寸步不離只圍着哭此時賈赦賈政又恐哭壞了賈母日夜熬油費火閙的上下不安賈赦還各處去尋僧覓道賈政見不效驗因阻賈赦道兒女之數總由天命非人力可強他二人之病百般醫治不效想是天意該如此也只好由他去賈赦不理仍是百般忙亂看看三日的光陰鳳姐寶玉躺在床上連氣息都微了合家都說沒了指望了忙的將他二人的後事都治備下了賈母王夫人賈璉平兒襲人等更哭的死去活來只說趙姨娘外面假作憂愁心中稱願至第四日早寶玉忽睜開眼向賈母說道從今已後我可不在你家了快打發我走罷賈母聽見這話如同摘了心肝一般趙姨娘在旁勸道老太太也不必過於悲痛哥兒已是不中用了不如把哥兒的衣服穿好讓他早些回去也省他受些苦只管捨不得他這口氣不斷他在那裡也受罪不安這些話沒說完被賈母照臉啐了一口唾沫罵道爛了舌頭的混賬老婆怎麽見得不中用了你願意他死了有什麽好處你別作夢他死了我只合你們要命都是你們素日調唆着逼他念書寫字把膽子唬破了見了他老子就像個避貓鼠兒一樣都不是你們這起小婦調唆的這會子逼死了他你們就

隨了心了我饒那一個一面哭一面罵賈政在傍聽見這些話心裡越發着急忙喝退了趙姨娘委宛勸解了一番忽有人來回兩口棺木都做齊了賈母聞之如刀刺心一發哭着大罵問是誰叫做的棺材快把做棺材的人拿來打死鬧了個天翻地覆忽聽見空中隱隱有木魚聲念了一句南無解冤解結菩薩有那人口不利家宅不安中邪祟逢凶險的找我們醫治賈母王夫人都聽見了便命人向街上找尋去原來是一個癩和尚同一個跛道士那和尚是怎的模樣但見

鼻如懸膽兩眉長　目似明星有寶光
破衲芒鞋無住跡　腌臢更有一頭瘡

那道人是如何模樣看他時

一足高來一足低　渾身帶水又拖泥
相逢若問家何處　却在蓬萊弱水西

賈政因命人請進來問他二人在何山修道那僧笑道長官不消多話因知府上人口欠安特來醫治的賈政道有兩個人中了邪不知有何仙方可治那道人笑道你家現有希世之寶可治此病何須問方賈政心中便動了因道小兒生時雖帶了一塊玉來上面刻着能除凶邪然亦未見靈效那僧道長官有所不知那寶玉原是靈的只因為聲色貨利所迷故此不靈了今將此寶取出來待我持誦持誦自然依舊靈了賈政便向寶玉

項上取下那塊玉來遞與他二人那和尚擎在掌上長歎一聲道青埂峰下別來十三載矣人世光陰迅速塵緣未斷奈何奈何可羨你當日那段好處

天不拘兮地不羈　心頭無喜亦無悲
只因煅煉通靈後　便向人間惹是非

可惜今日這番經歷呵

粉漬脂痕污寶光　房櫳日夜困鴛鴦
沉酣一夢終須醒　寃債償淸好散場

念畢又摩弄了一回說了些瘋話遞與賈政道此物已靈不可褻瀆懸於卧室上檻除自已親人外不可令陰人冲犯三十三

日之後包管好了賈政忙命人讓茶那二人已經走了只得依言而行鳳姐寶玉果一日好似一日的漸漸醒來知道餓了賈母王夫人纔放心了衆姊妹都在外間聽消息黛玉先念了一聲佛寶釵笑而不言惜春道寶姐姐笑什麽寶釵道我笑如來佛比人還忙又要度化衆生又要保佑人家病痛都叫他速好又要管人家的婚姻叫他成就你說可忙不忙可好笑不好笑一時黛玉紅了臉啐了一口道你們都不是好人再不跟着好人學只跟着鳳丫頭學的貧嘴賤舌的一面說一面掀簾子出去了欲知端詳下回分解

紅樓夢第二十五回終